AF298272

# LES ARRANGEUSES,

## OU

## LES PIÈCES MISES EN PIÈCES ;

### FOLIE - VAUDEVILLE,

EN UN ACTE,

DE MM. GERSIN ET GABRIEL ;

Représentée pour la première fois, à Paris, sur le Théâtre du Vaudeville, le 28 novembre 1822.

---

PRIX : 1 fr. 50 c.

---

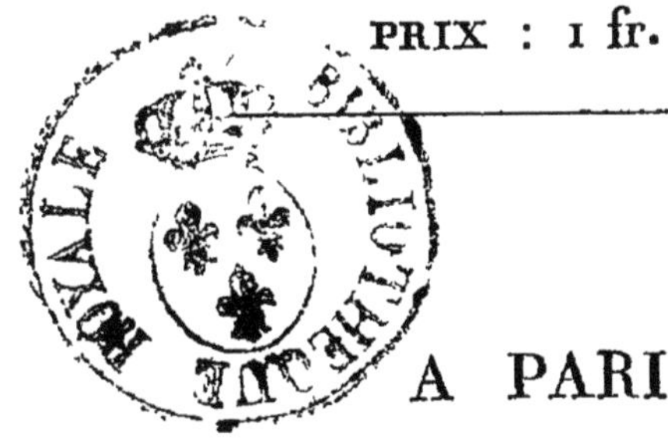

A PARIS,

Chez CONSTANT LE TELLIER, LIBRAIRE, rue de Richelieu, n° 35.

---

1823.

# LES ARRANGEUSES,

## ou

## LES PIÈCES MISES EN PIÈCES.

*Le Théâtre représente l'intérieur du foyer. A droite une cheminée ; à gauche une bibliothèque avec des cartons sur lesquels on lit : Sédaine, Destouches, Regnard, Favart, etc., etc. Au premier plan, des deux côtés, des tables avec des pupitres ; au fond deux bustes posés sur des moitiés de colonnes.*

*Au lever du rideau, M<sup>me</sup> Desroches lit un journal, M<sup>lles</sup> Aspasie et Héloïse sont auprès de la cheminée ; et M<sup>lles</sup> Agathe, Aimée et Henriette sont assises de l'autre côté de la Scène.*

## SCÈNE PREMIÈRE.

Mad. DESROCHES , M<sup>lles</sup> ASPASIE , HÉLOISE , AGATHE , HENRIETTE , AIMÉE, ensuite BONBEC.

### Mad. DESROCHES.

Où donc est ce petit garçon de théâtre ? (*appelant*) Bonbec ! Bonbec !

### BONBEC , *arrivant un plumeau à la main.*

Me voilà, Madame. Quoiqu'vous voulez ?

### Mad. DESROCHES.

Est-il arrivé ?

I.

BONBEC.

Qui donc ?

HÉLOÏSE.

Notre Directeur.

BONBEC.

Oh ! mon dieu, non, Madame.

AIMÉE.

C'étoit bien la peine vraiment de nous faire venir au foyer du théâtre à dix heures du matin, quand à midi il n'est pas encore là.

ASPASIE.

Un jour de répétition, si nous le faisions seulement attendre une minute, tout seroit perdu ; mais devinez-vous, mes chères amies, ce qu'il est allé faire à Paris ?

Mad. DESROCHES.

Peut-être y chercher des sujets pour jouer des mélodrames à Quimper, comme si nous n'étions pas là. Quelle femme a plus que moi des pleurs dans la voix, des paroles dans les gestes, et qui diroit avec plus de noblesse et de majesté cette fameuse tirade qui m'a fait tant d'honneur à Brive-la-Gaillarde. ( *Elle déclame d'une manière ridicule* ).

« L'homme vertueux qui vacille et trébuche dans le
« sentier de l'honneur ombragé d'épines et de ronces, ne
« franchira jamais d'un saut le fossé qui sépare le crime
» de la vertu. »

BONBEC, *à part.*

Hein ! Pour le public comme ça ronfle.

AGATHE.

Et moi donc, dans le vaudeville gai !

( *Elle chante* ).

« Plaignez le sort d'un malheureux proscrit. »

HENRIETTE.

Et qui lance mieux que moi les œillades dans les soubrettes.

ASPASIE.

Rencontrera-t-il à Paris, depuis la barrière du Maine jusqu'à celle des Martyrs, une virtuose qui chante sa Lampe merveilleuse de cette force ?

( *Elle chante avec agrément* ).

« Venez, charmantes Bayadères,
　Venez enfants, etc.

BONBEC, *époussetant.*

Pourquoi que je ne chante pas comme ça, moi, je ne serois pas dans les balais.

HÉLOÏSE.

Trouvera-t-il même au grand Opéra une Bigottini qui ait plus que moi sa pantomime dans la jambe?

( *Elle fait quelques pas en ayant l'air de mimer une Scène* ).

Mais je vous étonnerois bien si j'avois deviné le motif de son voyage précipité. Ecoutez, voilà ce que je suppose :

AIR : *Le Luth galant.*

Il est allé, je crois, chercher là-bas
Un grand chanteur qui, bravant tous débats,
Des journaux du matin dédaigne le suffrage,
Qui pour son intérêt ne fait aucun voyage,
Qui d'une pension brigue peu l'avantage.

ASPASIE.

Il n'en trouvera pas ( *bis* ).

Mad. DESROCHES.

*Même air.*

Jusqu'à Paris s'il a porté ses pas,
C'est pour chercher, ne vous y trompez pas,
Un *Lays*, un *Laisné* pour l'opéra lyrique,
La rivale de *Mars* pour la scène comique,
L'émule de *Talma* pour la scène tragique.

AIMÉE.

Il n'en trouvera pas ( *bis* ).

BONBEC, *accourant.*

Mesdames, Mesdames ! le voilà, je l'ons vu, je l'ons entendu.

---

# SCÈNE II.

LES MÊMES, DUPRÉ.

DUPRÉ, *en habit de voyage.*

Oui, me voilà, mes petits agneaux, me voilà.

Mad. DESROCHES.

Eh ! arrivez donc, cher Directeur.

DUPRÉ , *allant à l'une et à l'autre , et leur donnant des preuves d'amitié.*

Bonjour , vous , bonjour, toi , bonjour tout le monde.

Mad. DESROCHES.

Vous venez de Paris ; qu'y a-t-il de nouveau ?

DUPRÉ.

Toujours la même chose.

AIR : *Je ne veux pas qu'on me prenne.*

Les modes y sont bizarres ,
Les sots toujours importuns ,
Les grands talents assez rares ,
Les intrigants fort communs ;
Là tous les succès s'obtiennent
En tournant avec aplomb
Le visage à ceux qui viennent ,
Le dos à ceux qui s'en vont ( *bis* ).

HÉLOÏSE.

Nous vous attendions avec une impatience !

DUPRÉ.

Je conçois ça ; mais que voulez-vous ? quand on est dans cette grande ville , on ne peut pas en sortir.

Mad. DESROCHES.

Que nous apportez-vous de nouveau ?

HÉLOÏSE.

Des pièces à succès, sans doute ?

DUPRÉ.

Par douzaine, et sur-tout du magnifique, du transcendant ! Cent représentations au moins ! Un rôle délicieux !

Mad. DESROCHES.

Pour moi ?

DUPRÉ.

Oui.

HÉLOÏSE.

Et pour moi ?

DUPRÉ,

Aussi. Il y en aura pour tout le monde.

Mad. DESROCHES.

Ce cher ami, il pense à tout. Aussi, nous l'aimons... ah !

DUPRÉ.

Ce que je fais pour vous, mes petits anges, est bien naturel.

Les actrices ne sont-elles pas par-tout la gloire, la richesse d'un théâtre ? Les pièces ne sont presque rien.... Voyez à Paris.

Air : *Contentons-nous d'une simple bouteille.*

Annonce-t-on dans les Femmes savantes
Deux des soutiens du Théâtre français,
Mille beautés des plus éblouissantes
Vont au spectacle étaler leurs attraits ;
Le comité que cette foule enchante,
Et de son or puissamment alléché,
Vous donne alors ensemble *Mars* et *Mante* ;
Molière est là par-dessus le marché ( *bis* ).

C'est qu'il n'y a rien de tel que Paris pour faire mousser une pièce et un succès; aussi, j'ai apporté de cette ville certain projet de règlement que vous approuverez fort.

Mad. DESROCHES.

Un règlement ? Quel est-il ?

DUPRÉ.

Air : *G'n'y a qu'à Paris.*

A mes vœux tout sera soumis ;
J'aurai, c'est digne de remarque,
J'aurai des contrôleurs polis ,
Et pour vendre la contre-marque
De beaux Messieurs en habits gris ,
   Comme à Paris.    ( 4 *fois.* )

Je veux du parterre à jamais
Eloigner ma troupe chérie,
Et je mettrai comme aux Français
Mes claqueurs à la galerie ,
Puis nous serons tous applaudis
   Comme à Paris.    ( 4 *fois.* )

J'aurai soin d'avoir les journaux
A qui l'on doit la préférence,
Je leur ferai certain cadeau.....
Pour soulager leur conscience ,
Et nous serons tous bons amis
   Comme à Paris.    ( 4 *fois.* )

( *Les dames répètent le dernier vers en chœur.*

En attendant cette petite amélioration , je vous apporte de la capitale un petit bijou que nous allons monter tout de suite.

HÉLOÏSE.

Quoi donc ?

DUPRÉ.

*Les deux Forçats*, ou le danger d'aller aux galères, et d'y

faire de mauvaises connoissances. C'est une fureur : il faut
s'éreinter, rester deux heures à la porte pour voir ces forçats ;
c'est un métier de galérien.

#### Mad. DESROCHES.

Que voulez-vous que nous fassions ici de ces mauvais
sujets ?

#### DUPRÉ.

Ah ! respect aux chefs-d'œuvre qui rapportent de l'argent.

#### AIR : *Du verre.*

> Ces deux forçats des plus nouveaux
> Sont vraiment deux forçats d'élite :
> Je sais bien qu'ils ne sont pas beaux ;
> Mais l'habit fait-il le mérite ?
> Qu'ils paroissent , du haut en bas
> La salle est richement garnie ;
> Aussi l'on dit que ces forçats
> Sont de très-bonne compagnie.      ( *bis.* )

( *A Héloïse.* ) Et comme les travestissements vous vont à
merveille, mon petit cœur, c'est un cadeau que je vous fais en
vous donnant le premier rôle.

#### HÉLOÏSE.

Bien obligée, je ne joue pas le mélodrame ; et si madame
en a envie....

#### Mad. DESROCHES.

Qui, moi ?

#### DUPRÉ, *lui offrant le rôle.*

Le voulez-vous, mignonne ?

#### Mad. DESROCHES.

Etes-vous fou ?

#### DUPRÉ.

Avec de la barbe au menton vous seriez adorable, et toute
la Bretagne viendroit vous voir descendre la montagne, le
bâton à la main , ramper péniblement sur la terre, et dire
d'un ton lugubre et profondément caverneux : « Du pain ! du
« pain ! » Puis, vous traîner ainsi. ( *Il imite un moment*
*l'accent et le jeu de Dufresne.* ) Vous y seriez gentille à
croquer.

#### Mad. DESROCHES.

Allez au diable ! N'avez-vous pas parmi vos acteurs des
Dufresne, des Philippe qui joueront cela à merveille ?

#### DUPRÉ.

Eh ! très-chère amie, ne savez-vous pas qu'en partant pour

Paris, j'ai accordé à mes acteurs un petit congé beaucoup trop
prolongé; ils ne seront ici que dans huit jours, et jusque-là
il faut faire de l'argent. Vous jouez toutes les travestissements;
si l'une de vous veut se charger du rôle, je lui donnerai des
feux, une représentation à bénéfice, et je la fais redemander
après chaque représentation.

Mad. DESROCHES.

Redemander, à Quimper?

DUPRÉ.

Tout comme à Paris; il n'y a pas de théâtre où cela n'arrive :
à l'Ambigu, aux François, et même à l'Odéon... ça ne coûte
que 36 francs. Eh bien! cela vous convient-il?

TOUTES.

Pas davantage.

DUPRÉ.

Vous êtes des ingrates. (*Il tire des autres pièces de sa
poche.*) Voici donc d'autres rôles que je vous destine. Sur-
tout, faites en sorte que nous puissions jouer demain au plus
tard.

TOUTES.

Vous pouvez compter sur moi.

DUPRÉ, *en leur distribuant les pièces.*

Allez, mes petites colombes.

AIR : *Mon cœur à l'espoir s'abandonne.*

Je vais faire le répertoire,
Etudiez, mes chères enfants,
Et tout couverts d'or et de gloire,
Demain nous serons triomphants.. (*bis.*)
Que chacune apprenne son rôle,
Dans un instant je suis vos pas.

TOUTES, *à part.*

S'il n'est pas bon, sur ma parole,
Demain je ne le jouerai pas. (*bis.*)

(*Elles sortent en faisant des protestations d'amitié
à Dupré.*)

DUPRÉ.

Je vais faire le répertoire,
Etudiez, mes, etc.

## SCÈNE III.

### DUPRÉ, ensuite BONBEC.

DUPRÉ, *se mettant à une table.*

En attendant, occupons-nous de nos affaires et du répertoire de la semaine. Bonbec!

BONBEC.

Que voulez-vous, notre maître?

DUPRÉ.

Va-t'en chez l'imprimeur; dis-lui de me préparer des
circulaires pour annoncer l'ouverture de mon théâtre dans
tout le département, et tu lui commanderas un millier de
billets blancs suivant le dernier modèle.

BONBEC.

Comment, notre maître, vous allez reprendre votre ancien
usage de billets gratis?

DUPRÉ.

Eh! mon dieu, il le faut bien.

BONBEC.

Eh! non, il ne le faut pas.

AIR : *Un soir, après pénible ouvrage.*

Si j'étois maître d'un spectacle,
Ces billets qu'on trouve si beaux
Eprouveroient plus d'un obstacle
En passant devant les bureaux;
Pour en détruire enfin la race
Par des calculs bien ordonnés,
Je ferois payer double place
Aux porteurs de billets donnés.    ( *bis.* )

DUPRÉ.

Belle idée, vraiment!

BONBEC.

Ça dégoûteroit bien vîte les amateurs, allez, notre maître;
je vous en demande trois pour la prochaine fois. Quand
donc que vous me lancerez aussi moi? Je voudrois jouer
queuqu'rôles, queuque imbécille. Je ne vous demande pas de
feux; je m'en sens assez. Mais dites donc, puisque vous étiez
à Paris, pourquoi n'avez-vous pas apporté cette pièce qui fait
tant de bruit?... Madame Cly... Clytem...

DUPRÉ, *achevant.*

Clytemnestre ?

BONBEC.

Tout juste.

DUPRÉ.

Il falloit un acteur, un Talma; et comment aurois-je pu
l'engager à rester ici, quand on a tant de peine à le retenir
là-bas?... Ah! si nous le perdions....

AIR : *Vaud. de la Robe et les Bottes.*

Qui nous rendroit la profonde énergie
   De *Néron* et de *Manlius* ?
Et qui sauroit retracer le génie
Des grands héros que la Grèce a perdus ?
Roi de la scène, étonnante merveille,
C'est lui toujours que le goût proclama.
   Apollon nous donna Corneille,
   Melpomène a donné Talma.       (*bis.*)

(*En remontant la scène.*) Qu'entends-je ? C'est ma chère
Aspasie.

---

# SCÈNE IV.

## DUPRÉ, ASPASIE.

ASPASIE, *à la cantonnade.*

Non, mesdames, non, cela n'est pas bien; il y a de
la cruauté, je dirois même de la barbarie dans votre con-
duite....

DUPRÉ, *allant à elle.*

Qu'est-ce donc, chère amie ?

ASPASIE.

Une horreur !

DUPRÉ.

Apprenez-moi donc....

ASPASIE.

Vous me voyez dans une colère épouvantable contre ces
dames; j'en serai malade.

DUPRÉ.

Comment, quelques débats se seroient-ils élevés entre
vous ?

ASPASIE.

Des débats !

AIR : *Vaud. de l'Intérieur d'une étude.*

Ah ! mon cher, quelle calomnie ;
Nous chérissons toutes la paix ;
Chacune de nous sans envie
Des autres chante les succès.
Malgré quelques légers caprices
Les femmes peuvent s'estimer,
Et, si nous n'étions pas actrices,
Nous pourrions même nous aimer.   ( *bis.* )

DUPRÉ.

Mais pourquoi donc cette colère ?

ASPASIE.

Ah ! si vous saviez....

DUPRÉ.

Qu'est-il arrivé?

AIR : *Encore un quart'ron, Claudine.*

Pour la scène perdue,
D'amour suivant les lois,
Verrons-nous l'ingénue
S'absenter..... quelques mois?

APSASIE , *souriant.*

Vraiment
  Belle
Bagatelle ,
Seroit-ce étonnant ?

DUPRÉ.

J'y suis, c'est ma danseuse ,
Ne me le cachez pas :
Hélas ! la malheureuse
A fait quelque faux pas...

ASPASIE , *de même.*

Vraiment
  Belle
Bagatelle ,
Seroit-ce étonnant ?

DUPRÉ.

A l'exemple fidelle ,
Par un dernier effort,
Notre duègne auroit-elle... ?
Ah ! ce seroit trop fort.

ASPASIE ( *même jeu.* )

Vraiment
Belle
Bagatelle,
Seroit-ce étonnant?  } *bis.*

DUPRÉ.

Vous me faites trembler; mais enfin qu'ont-elles fait, vos camarades ?

ASPASIE.

Qu'un rôle ne plaise pas, ça se conçoit. Ces auteurs, au lieu de nous faire de bons rôles, ils nous font la cour : l'amour ne donne pas de l'esprit, et ils doivent s'attendre à être refusés. Mais on ne jette pas la pièce à ses pieds: on vient trouver son directeur; on s'explique avec lui bien poliment, et on lui dit avec amitié : (*Elle tire son rôle de son sac.*) Tenez, cher ami, voici votre rôle; je ne le jouerai pas. (*Elle lui frappe sur le bras.*)

DUPRÉ, *sortant de sa rêverie.*

Hein!

ASPASIE.

Cher ami, je vous rends mon rôle.

DUPRÉ.

Est-il possible? un opéra charmant! *Le Solitaire !*

ASPASIE.

Un mélodrame. Pas de musique.

DUPRÉ.

Une ronde délicieuse!

ASPASIE.

Voilà tout; et d'ailleurs je ne chanterai pas de la musique italienne.

DUPRÉ.

Elle en vaut bien une autre.

ASPASIE.

C'est possible; mais les Italiens viennent-ils chercher nos compositeurs ?

AIR : *On dit que je suis sans malice.*

Vraiment, cette mode est unique!
Pour sauver l'Opéra-Comique,
Faut-il chercher un autre Dieu
Que *Berton, Aubert, Boyeldieu?*
Est-ce une lyre ultramontaine
Qui doit illustrer notre scène ?
S'il faut demander des succès,
C'est à des artistes français.          (*bis.*)

DUPRÉ.

Mais enfin...

ASPASIE.

Si vous insistez , je donne ma démission.

DUPRÉ.

Eh quoi ! toi aussi, Aspasie ?

ASPASIE.

Aussi. D'ailleurs aucune de ces dames ne veut jouer, et je ne dois pas me singulariser ; j'ai l'esprit de corps.

DUPRÉ.

Quel esprit !

ASPASIE.

Franchement, vous n'y perdez pas beaucoup ; il n'y a personne dans la ville : les habitants de Quimper n'aiment pas le spectacle ; passe encore quand il y a garnison.

DUPRÉ.

Garnison !... Ah ! voilà le grand mot ; c'est cela qu'il vous faut. Quel métier ! c'est horrible ! (*Il traverse le théâtre avec humeur, en passant plusieurs fois devant l'actrice.*)

AIR : *Vaud. des Maris ont tort.*

Eh bien , comptez donc sur ces dames !
O ciel ! ainsi m'abandonner !
Ah ! c'est un trait des plus infames ;
Je ne pourrai le pardonner.          (*bis.*)

ASPASIE.

Mon ami...

Ne pourriez-vous , par courtoisie ,
Plus doucement vous exprimer ?
Ne marchez pas tant, je vous prie ;
Ce vent-là pourroit m'enrhumer.     (*bis*).

DUPRÉ.

Quelle insolence ! C'est affreux. Je trouverai bien le moyen de vous faire jouer malgré vous ; vous paiera , mesdames, vous paiera vos appointements qui pourra. Bonsoir.

(*Il sort.*)

ASPASIE.

Bonsoir.

## SCÈNE V.

### ASPASIE, *seule.*

Mais voyez donc un peu ce petit directeur, comme il s'emporte! Vous verrez que bientôt nous ne pourrons plus rien faire sans lui demander permission. Mais voilà sans doute ces dames.

## SCÈNE VI.

### ASPASIE, Mad. DESROCHES, AIMÉE, HÉLOISE, AGATHE, HENRIETTE.

( *En entrant, elles ont toutes leurs rôles à la main.* )

CHŒUR.

AIR : *Tôt, tôt, tôt.* ( Des trois Vampires. )

Pas un vers, pas un trait;
Ce rôle me déplaît.
Sans attendre,
Je viens le rendre :
Je le dis sans aigreur,
Malheur
Au directeur,
S'il me reçoit avec humeur.

ASPASIE.

Pas un air pour ma voix.

Mad. DESROCHES.

J'aimerois mieux, je crois,
Jouer *Ali-Baba.*

AGATHE.

Ou bien *Ali-Pacha.*

CHŒUR. *Reprise.*

Pas un vers, pas un trait,
Ce rôle me déplaît, etc.

Mad. DESROCHES.

M'exposer à compromettre mon talent dans une mère noble!...

HÉLOÏSE.

Ma réputation dans une ingénue!

ASPASIE.

Ma voix dans des ponts-neufs !

AIMÉE.

Me donner une Agnès ! Peut-ou ainsi me méconnoître ?

AGATHE.

AIR : *Vent brûlant d'Arabie.*

On sait comme on admire
Mon innocent regard
Dans la tendre *Zaïre*
Et dans *la Fille hussard.*

HENRIETTE.

On sait comme on me loue
Dans *Colas* ou *Beaufils.*

Mad. DESROCHES.

On sait comme je joue
*La Femme à deux Maris.*     ( 3 *fois.* )

TOUTES, *avec humeur.*

Maudit rôle...

CHŒUR.

Pas un vers, pas un trait ;
Ce rôle me déplait.
Sans attendre,
Je viens le rendre :
Je le dis sans aigreur ;
Malheur
Au directeur,
S'il me reçoit avec humeur.

ASPASIE.

Qu'est-ce que je demandois, moi ? Un premier rôle.

HÉLOÏSE.

Une pièce à effet.

Mad. DESROCHES.

Une tirade brillante, pas davantage.

AGATHE.

Moi, un amoureux, et l'on me donne une princesse ; et quelle princesse encore !

AIR : *Vaudeville de irons-nous à Paris ?*

Méchante et jalouse à l'extrême,
Avant l'instant du dénouement,
Par un infâme stratagème,
Elle fait périr son amant.

Ah ! pour punir un infidelle,
Pour rompre ainsi les plus tendres liens,
Il me faudroit, hélas ! être cruelle,
Et ce n'est pas dans mes moyens.        (*bis.*)

HÉLOÏSE.

Jouera qui voudra, je suis malade.

ASPASIE.

J'ai ma migraine.

HENRIETTE.

Une extinction de voix.

AIMÉE.

Moi, une entorse.

AGATHE.

Et moi, je suis au lit.

Mad. DESROCHES.

Voilà, certes, des raisons excellentes ; mais comme un directeur exigeant pourroit ne pas s'en contenter, et nous forcer
à jouer ce soir, il faut l'en empêcher... Où sont vos rôles ?

(*Elles les montrent.*)

AIR : *De Marianne.*

ASPASIE.

Le voilà donc, ce *Solitaire....*

HÉLOÏSE.

Ce *Florestan...*

HENRIETTE.

Et ce *Lépreux...*

AIMÉE.

Ce *Meurtrier*, ce sanguinaire....

AGATHE.

Et cet *Aladin* fastueux.

Mad. DESROCHES.

Vous, froids amans,
Tristes tyrans,
Qui nous avez fait dormir si long-temps,
Puisque de vous
Nulle entre nous
Ne peut ici
Tirer aucun parti,
Sur ce brasier qu'on les expose ;
Ce feu, qui nous réchauffera,
Prouvera
Que ces héros-là
Sont bons à quelque chose.

TOUTES , en regardant la cheminée.

Oui, oui.

ASPASIE.

AIR : Partons, suivons les pas du héros (de Fernand Cortez).

Au feu !              ( 3 fois. )<br>
Un rôle qui me gêne,<br>
Jetons-le vite au feu ;<br>
Pour moi, ce n'est qu'un jeu.

CHŒUR.

Au feu !              ( 3 fois. )<br>
Un rôle qui me gêne , etc.

( Elles passent toutes devant la cheminée , en jetant leurs<br>
pièces au feu.)

ASPASIE.

Quel bonheur sans égal ,<br>
Si de la même peine<br>
Périssoit tout journal<br>
Qui de nous dit du mal !

CHŒUR.

Au feu !             ( 3 fois. )<br>
Un rôle qui me gêne , etc.

( On voit brûler les pièces. )

ASPASIE.

Ah ! respirons enfin.

HÉLOÏSE.

De quel poids je suis débarrassée !

Mad. DESROCHES.

Je me sens plus légère de moitié. ( On entend plusieurs
trompettes sonner une fanfare de cavalerie. ) Silence, mesdames ! Ecoutons.

ASPASIE.

Quel est ce bruit?

HÉLOÏSE.

Qu'est-ce qui nous arrive ?

---

<h2 align="center">SCÈNE VII.</h2>

LES MÊMES, BONBEC, accourant.

BONBEC.

Mesdames, mesdames, bonne nouvelle ! bonne nouvelle !
Un régiment de cavalerie, qui va passer huit jours ici. Le

colonel, qui a entendu parler de vos talents, vient d'envoyer retenir vingt loges pour demain.

ASPASIE.

Vingt loges !

Mad. DESROCHES.

Un régiment de cavalerie ! De quelle arme ?

BONBEC.

De lanciers, madame. Ah ! quels beaux hommes ! Tous les officiers veulent venir au théâtre.

HENRIETTE.

Ils font très-bien.

AIMÉE.

Cela prouve leur bon goût.

BONBEC.

Oui; mais M. Dupré, qui sait le refus que vous avez fait de jouer, va lui faire dire que le spectacle sera fermé pendant huit jours.

Mad. DESROCHES.

Qu'il s'en garde bien.

HENRIETTE.

Ce seroit une grande folie.

HÉLOÏSE.

Perdre une si belle occasion ! Nous jouerons demain, n'est-ce pas, mesdames ?

Mad. DESROCHES.

Plutôt deux fois qu'une.

HENRIETTE.

J'aime à briller devant de tels spectateurs.

Mad. DESROCHES.

Et moi donc, ma chère... Je les connois.

AIR : *Vaud. du Petit Courrier.*

En voyant leur air imposant,
On pourroit les croire insensibles;
Mais ils sont tous très-accessibles,
Je puis en parler savamment.
Dans un drame rempli de charmes,
Je me rappelle qu'à Châlons,
L'an dernier, j'ai fait fondre en larmes
Tout un régiment de dragons. (*bis.*)

ASPASIE.

Va dire au directeur qu'il peut compter sur moi.

TOUTES.

Et sur moi, et sur moi, et sur moi.

BONBEC.

J'y va bien vîte ( *à part* ). Je suis bien sûr qu'elles ne se dédiront pas à cette heure.

---

## SCÈNE VIII.

LES MÊMES, *excepté* BONBEC.

HÉLOÏSE.

Nous joüerons, c'est fort bien dit ; mais que jouerons-nous ?

AGATHE.

Je n'en sais rien.

ASPASIE.

Après avoir si promptement brûlé nos rôles.

HENRIETTE.

Et c'est vous, Madame, qui nous avez entraînées à cette démarche précipitée envers un Directeur si bon, si recommandable.

AIMÉE.

Et c'est fort mal à vous, Madame.

Mad. DESROCHES.

A moi !

HENRIETTE.

Sans doute ; que direz-vous ?

AIR : *Un homme pour faire un tableau.*

Vous avez tort assurément.

Mad. DESROCHES.

Ecoutez-moi donc, je vous prie.

HENRIETTE.

Je n'entends plus rien maintenant.

Mad. DESROCHES.

Souffrez que je me justifie.

ASPASIE.

Évitons de pareils débats ;
Songeons bien à ce que nous sommes :
Sans entendre ne jugeons pas,
Ou l'on nous prendroit pour des hommes.

AGATHE.

Que nous direz-vous, voyons ?

Mad. DESROCHES.

Mesdames, écoutez-moi. (*Elles se placent toutes sur l'avant-scène en demi-cercle ; Mad. Desroches est au milieu d'elles.*) Un mouvement de dépit, peut-être un peu trop prononcé, nous a fait jeter au feu des rôles qu'on nous avoit confiés, et qui, tranchons le mot, ne nous convenoient pas du tout ; quoi de plus innocent ? Une circonstance imprévue a changé tout à coup la face des choses ; nous voulons maintenant ce que nous ne voulions pas tout à l'heure ; quoi de plus naturel ? Nous sommes toutes bien décidées à jouer ; mais que jouerons-nous ? Voilà la question. Je vais y répondre ; m'accordez-vous la parole ?

AIMÉE.

Eh ! mon dieu, vous l'avez depuis une heure, la parole !

Mad. DESROCHES.

Jetez d'abord les yeux sur les journaux que je reçois de Paris incognito. (*Elle leur distribue des journaux que chacune s'empresse d'ouvrir.*)

HÉLOÏSE , *à part.*

Ah ! elle achète les journaux.

TOUTES , *lisant.*

Turquie, Espagne, Madagascar.

ASPASIE.

Que nous importe tout cela ?

Mad. DESROCHES.

[ Continuez. Que donnoit-on mardi aux Variétés ?

ASPASIE.

*La Chercheuse d'esprit.*

Mad. DESROCHES.

Au Vaudeville ?

HENRIETTE.

*La Chercheuse d'esprit.*

Mad. DESROCHES.

Que jouoit-on mercredi à l'Opéra-Comique ?

AGATHE.

*Le Coq de Village.*

Mad. DESROCHES.

Au Vaudeville ?

HÉLOÏSE.

*Le Coq de Village.*

Mad. DESROCHES.

Aux Variétés ?

HENRIETTE.

*Le Coq de Village.*

Mad. DESROCHES.

A la Porte Saint-Martin ?

AIMÉE.

*Le Coq de Village.*

Mad. DESROCHES.

A l'Ambigu ?

ASPASIE.

*Le Coq de Village.*

Mad. DESROCHES.

Au Panorama-Dramatique ?

AGATHE.

*Le Coq de Village.*

Mad. DESROCHES.

Vous voyez, j'espère, qu'il y en a pour tout le monde.

ASPASIE.

Oui, la grande et la petite propriété. A-t-on jamais vu
s'emparer ainsi du bien des autres ?

Mad. DESROCHES.

Cela vous surprend, vous êtes bien bonnes.

AIR : Lise épous' le beau Gernance.

> L'esprit, dit-on, est fort rare ;
> Faut-il donc trouver bizarre
> Que chacun prenne aujourd'hui
> Sans crainte celui d'autrui ?
> Tel qui pille maintes pages
> Où l'on trouve esprit, talent,
> Ne craint pas qu'à ses ouvrages
> Jamais on en fasse autant. (*bis.*)

Je ne vous parlerai pas *des Ensorcelés*, *d'Isabelle et
Gertrude* et de *Ninette à la Cour*, qui doit aussi se traîner
par-tout ; je vous ferai seulement remarquer que si Favart a

tant de vogue à Paris, il ne peut pas manquer d'avoir autant de succès à Quimper. J'ai dit; présentez vos observations.

ASPASIE.

J'observe donc que les pièces de Favart sont toutes, à Paris, arrangées à la moderne.

AIMÉE.

Et qu'il nous faudroit au moins cinq ou six auteurs pour en arranger passablement une à Quimper.

Mad. DESROCHES.

Des auteurs? belle nécessité! Vraiment, pour ce qu'il y a à faire, ne sommes-nous pas là?

HÉLOÏSE.

Des femmes, hommes de lettres?

Mad. DESROCHES.

Pourquoi pas?

AIMÉE.

AIR : *Vaud. : de Turenne.*

Non, non, je sais trop me connoître
Pour prendre un titre si parfait
Homme de lettres... !

Mad. DESROCHES.

On peut l'être
Pour une chanson, un couplet. ( *bis.* )
Pendant très-long-temps au Parnasse
Ce fut un beau titre d'honneur.

HÉLOÏSE.

Oui, mais depuis peu, par malheur,
Il a bien perdu sur la place. ( *bis.* )

Mad. DESROCHES.

Je craindrois aussi bien que vous, s'il s'agissoit comme autrefois de faire un ouvrage entièrement neuf, de trouver des scènes toutes nouvelles et des caractères absolument nouveaux; mais ce n'est plus cela.

HÉLOÏSE.

Vous avez raison.

AIR : *Voilà la manière de vivre cent ans.*

De nos jours, la mode
N'est plus d'inventer.
Un code
Commode
Prescrit d'emprunter

D'un vieux manuscrit
Qu'on déterre
Chez le libraire
Faire son profit,
Et savoir, en adroit corsaire,
Bien peindre et refaire,
Tout ce qu'on a dit,       } ( *bis.* )
Voilà la manière
D'avoir de l'esprit.

AIMÉE.

Ah! s'il ne faut que prendre.....

Mad. DESROCHES.

Pas davantage; et voilà l'auteur qu'il nous faut. ( *Montrant le buste de Favart, qui est au fond.* )

AIMÉE.

Favart! que j'aurois de plaisir à jouer sa *Chercheuse d'esprit.*

AGATHE.

Et moi donc !

ASPASIE.

Sa *Ninette* semble faite à ma taille.

HÉLOÏSE.

Mesdames, voilà justement le carton qui renferme toutes ses pièces..... ( *Elle ouvre le carton, et chacune d'elles prend une pièce.* ) Tenez, prenez, mettons-nous là, et travaillons. ( *Elles se placent aux deux tables sur lesquelles se trouvent des plumes et du papier.* )

Mad. DESROCHES.

Suivez bien mes instructions, mesdames.

ASPASIE, *se frappant le front.*

Elles sont là.

AIR : *Voilà, voilà tout le secret.*

D'abord, avec adresse,
Changeons l'air des couplets,
Sachons avec finesse
En conserver les traits;
D'un peu de hardiesse
Armons-nous sans regret!
Sur-tout point de foiblesse
Pour tout ce qui déplaît.
Qu'une scène nous blesse,
Déchirons le feuillet.
Pour refaire une pièce,

Voilà tout le secret.
Voilà, (*trois fois*) tout le secret. (*bis.*)

HÉLOÏSE.

AIR : *Du branle sans fin.*

Allons,
Vite travaillons !
Et du courage.
A l'ouvrage.
Comme les autres faisons ;
Prenons,
Pillons ,
Arrangeons.

ASPASIE.

Tes couplets
Seront parfaits
Si tu mets,
Tu peux m'en croire ,
Les guerriers
Près des lauriers,
La gloire
Après la victoire.

TOUTES.

Allons
Vite travaillons ; etc., etc.

AIMÉE.

Mets la gaieté ,
La santé,
La nature,
La verdure,
Les bosquets,
Et les bouquets ;
Ce n'est pas ça qu'on censure.

TOUTES.

Allons ,
Vite travaillons , etc. , etc.

AIMÉE , *déchirant un feuillet de la pièce qu'elle tient.*

Otons cette scène.

HÉLOÏSE.

Passons ce couplet. ( *Elle le raie.* )

ASPASIE.

C'est singulier, je n'écris que des choses charmantes.

AGATHE.

Je crois bien, tu copies Favart.

HENRIETTE.

Je n'ai pas encore pu mettre un seul mot de moi.

AIMÉE.

Tant mieux, cela sera meilleur.

Mad. DESROCHES.

Cette scène est excellente ; je vais la passer.

ASPASIE.

Ah! si Favart savoit le service que nous lui rendons.

HÉLOÏSE.

Comme il seroit content !

AGATHE, *remontant la scène.*

Eh! mesdames, voilà notre Directeur.

Mad. DESROCHES.

Il ne faut pas qu'il nous trouve ici. Allons dans nos loges
terminer notre ouvrage, et revenons bien vîte le lui faire
approuver. (*Elles reprennent l'air.*)

Allons,
Vîte travaillons!
Et du courage
A l'ouvrage,
Comme les autres faisons,
Prenons,
Pillons,
Arrangeons.

(*Elles sortent.*)

---

# SCÈNE IX.

## DUPRÉ, BONBEC.

BONBEC, *entrant mystérieusement.*

Elles ne sont plus là ; entrez, Monsieur..... Vous êtes un
malin tout de même, et vos trompettes ont eu un joli succès :
toutes ces dames joueront demain.

DUPRÉ.

Je suis bien heureux d'avoir trouvé cette ruse pour les
y forcer ; les affiches vont être posées, je ne crains plus
rien.

BONBEC.

C'est pas l'embarras, si M. Saint-Hylaire, votre jeune premier, qui est allé faire le tyran à l'Orient, étoit revenu ce matin comme il l'avoit promis, je sais bien qu'il n'auroit pas voulu jouer. Mademoiselle Aspasie....

DUPRÉ.

Que veux-tu dire ?

BONBEC.

Est-ce que vous ne savez pas l'histoire du petit cachemire qui a tombé l'autre fois sur le théâtre du casque de Tancrède ? À qui étoit-il ? A mademoiselle Aspasie.

DUPRÉ.

Ah çà, mon petit Bonbec, songez que vous n'êtes qu'un garçon de théâtre, chargé de la partie des accessoires, et que l'amour est une chose principale qui ne doit pas vous regarder.

BONBEC.

Eh bien, M. Dupré, le petit garçon de théâtre s'amuse avec la chose principale. Et puis, est-ce qu'on a des secrets pour moi ? Je puis bien me vanter que si je vois vos premiers sujets en belles dames, je les vois aussi en déshabillé. Je pourrois même jaser, si j'étois un bavard.

DUPRÉ.

Et tu ne l'es pas ?

BONBEC.

Fi donc. C'est quand votre troupe est au grand complet, que j'en vois de toutes les couleurs, et ça m'amuse-t-il !

AIR : *J'ai vu par-tout dans mes voyages.*

Souvent je vois *Iphigénie*
Qui déjeune chez *Manlius* ;
J'trouv' *Figaro* chez *Athalie* ,
*Suzanne* chez *Britannicus.*
Je sais *Zelmire* inconsolable ,
Depuis que le *Dissipateur*
Va l'matin chez la *Mèr'coupable* ,
Le soir chez la *Fille d'honneur.*      (*bis.*)

DUPRÉ.

Eh bien ! tant mieux pour toi. ( *Il s'approche de la cheminée où l'on a brûlé les rôles.* ) Que diable a-t-on brûlé dans ce foyer ? Des papiers, je pense ?

BONBEC , *ramassant quelques débris des pièces.*

Tout juste.

DUPRÉ, *les examinant.*

Ah ! mon dieu, je ne me trompe pas ; ce sont les pièces que j'ai rapportées de Paris.

BONBEC.

Eh bien, voilà un fier coup qu'elles ont fait là, ces dames !

DUPRÉ.

C'est une révolte complète. Et ce carton tout ouvert... Celui de Favart. (*Il s'approche.*) Il est vide. (*Il rit.*) Est-ce qu'elles auroient voulu arranger ses pièces comme on le fait à Paris ? Cela ne m'étonneroit pas ; tout le monde s'en mêle.

AIR : *De l'Opéra, moi, je suis idolâtre.*

Tout arranger, voilà notre science ;
Sur chaque objet aimant à voltiger,
Esprit, talents, même la conscience,
A son profit on veut tout arranger.

Pendant long-temps la *Lampe merveilleuse*
Charma les yeux sur le grand Opéra ;
Vite on l'arrange pâle et ténébreuse
Pour le Gymnase et le Panorama.

Aux Boulevarts une aimable servante
Fit prospérer la Porte Saint-Martin ;
On s'en empare, et puis on la présente
Sous d'autres traits au théâtre voisin.

Pour son succès on arrange au parterre
De bons soutiens qu'on a choisis exprès,
Et tout à coup la troupe tutélaire
Pour s'arranger va vendre les billets.

Le courtisan arrange sa visite
Selon les lieux où chaque jour il va,
Et l'intrigant arrange sa faillite
Pour arranger la fortune qu'il a.

Certain vicomte invente un *Solitaire* :
Pour le théâtre on l'arrange en français,
En magasin l'arrange le libraire,
Chez l'épicier on l'arrange en cornets.

Les arrangeurs trouvent par-tout leur compte,
Pour un dîner arrangent un couplet ;
Et pour vingt sous vont arranger chez Comte
Berquin, Racine, *Alzire* ou *Mahomet.*

Bien des beautés, pour arranger leurs charmes,
Vont acheter le blanc et l'incarnat ;
Bien des Césars courent d'abord aux armes
Et la fourchette arrange le combat.

On veut donner du comique à Molière,
Du naturel à Sédaine, à Panard;
On veut donner du génie à Voltaire,
Et de l'esprit à notre bon Favart.

Et nous, Français, quand d'une paix chérie,
Libres enfin, nous goûtons la douceur,
D'un même amour aimons notre patrie,
C'est le moyen d'arranger son bonheur.

Elles n'ont, ma foi, laissé dans ce carton qu'une seule pièce, *les trois Sultanes*, la meilleure de Favart. Tant mieux, je saurai peut-être aussi en tirer quelque profit. ( *Il la met dans sa poche.* )

BONBEC.

Nous allons les voir, mesdames les arrangeuses; justement en voici déjà une qui arrive.

---

# SCÈNE X.

LES MÊMES, AGATHE *en* NICETTE *de la* Chercheuse d'esprit, *ensuite* AIMÉE, *dans le même rôle, sous un costume différent.*

AGATHE, *prenant l'air niais.*

AIR connu.

Quel désespoir!
Être sans esprit à mon âge!
Quel désespoir!
Je pleure du matin au soir.
J'ai pour un jeune fille
Trop de timidité...

DUPRÉ.

Elle est, ma foi, gentille.

AGATHE, *faisant la révérence.*

Vous n'êt's pas dégoûté.
Quel désespoir!
Être sans esprit à mon âge!
Quel désespoir!
Je pleure du matin au soir.

( *L'orchestre exécute la ritournelle de l'air suivant.* )

BONBEC, *au fond du théâtre.*

Qu'est-ce donc que celle-ci qui vient de ce côté?

AIMÉE. (*Elle a des sabots.*)

AIR : *Ah! ah! ah! ah!*

Ah! ah! ah! ah! ah! ah! ah! ah! ah!
Quel plaisir on a
D'voir les montagnes
Les campagnes !
Ah! ah! ah! ah! ah! ah! ah! ah! ah!
N'est-ce que pour ça
Qu'j'ai ces pieds, ces mains, ces yeux-là.

BONBEC, *la regardant presque sous le nez.*
Tiens, mais je connois ça, moi.

AIMÉE.

Loin d'chez nous quand j'me hasarde,
J'vois des poissons, des oiseaux,
Enfin tout plein d'animaux.

BONBEC, *à Dupré.*

J'crois, morgué, qu'all'nous regarde.

AIMÉE.

Ah! ah! ah! ah! ah! ah! ah! ah! ah!
Quel plaisir on a, etc.

DUPRÉ.

Deux Chercheuses d'esprit! Elles sont, ma foi, charmantes,
et entre vous, mesdames, le choix est difficile. Ma foi, j'ai
bien envie de les prendre toutes deux. Avancez, Nicette.

AIMÉE et AGATHE.

Laquelle ?

DUPRÉ, *à Agathe.*

Vous.

AIMÉE.

AIR : *J'avons d'la gaieté.* (Cris de Paris.)

Cà doit être moi ;
Oui, ma foi,
Oui, c'est moi
Qui dois, j'pense,
Avoir la préférence.

AGATHE.

Et pourquoi donc toi?
Du village,
Ma foi,
J'ai l'langage
Et l'habit comme toi.

AIMÉE.

Comme autrefois j'ai l'gros chignon.

**AGATHE.**

Comme aujourd'hui j'ai l'bonnet rond.

**AIMÉE.**

D'madam'Favart j'ai les sabots.

**AGATHE.**

Mes souliers sont bien aussi beaux.

**AIMÉE**, *montrant ses sabots.*

J'ai l'pied p'tit, et j'suis innocente.

**AGATHE**, *montrant sa chaussure.*

Autant qu'toi, je l'ai p'tit, je m'en vante.

*Ensemble.*

Je suis innocente....

**AGATHE.**

Tiens, donn'-moi la main ;
Plus d'disput', ni d'chagrin,
N'cherchons, ma chère,
Qu'à plaire
Au parterre.

**AIMÉE.**

Qu'importe l'habit,
C'est l'talent, c'est l'esprit
Que l'parterre
Toujours applaudit.

*Ensemble.*

Tiens, donn'-moi la main ;
Plus d'disput', plus d'chagrin, etc.

**AIMÉE.**

Ah çà, maintenant, cher Directeur, compliment à part, comment nous trouvez-vous ?

**AGATHE.**

Regardez-nous bien.

**DUPRÉ.**

Je vois que vous avez parfaitement saisi l'habit du rôle, et si le langage...

**AGATHE.**

Nous avons fait de notre mieux.

**AIMÉE.**

En portant une main hardie sur l'œuvre de Favart.

AIR : *Corneille nous fait ses adieux.*

Que diroit cet aimable auteur,

> S'il apprenoit un tel outrage,
> Que des femmes ont par malheur
> Osé toucher à son ouvrage ?

DUPRÉ.

> Cet auteur, galant et civil,
> Sauroit vous trouver des excuses :
> Ce sont les grâces, diroit-il,
> Qui vouloient embellir les muses.     (*bis.*)

AGATHE.

C'est bien honnête de votre part.

DUPRÉ.

C'est très-bien, mes petites amies, vous avez imité les auteurs d'aujourd'hui ; mais ces messieurs feroient bien mieux de trouver du nouveau.

AIR : *Ce magistrat irréprochable.*

> Molière, au goût toujours fidelle,
> Parmi des portraits bien connus,
> Savoit saisir plus d'un modèle :
> Molière, hélas ! n'existe plus.     (*bis.*)
> Mais dans l'art d'intriguer sans cesse,
> De servir toujours le plus fort,
> Et de ramper avec bassesse,
> Combien de Tartufes encor !     (*bis.*)

Bonbec !

BONBEC.

Plaît-il, not'maître ?

DUPRÉ.

Va faire afficher pour demain *la Chercheuse d'esprit*, de Favart.

AIMÉE *à Bonbec.*

N'oublie pas de mettre avec des changements.

DUPRÉ *vivement.*

Qu'il s'en garde bien, ça empêcheroit peut-être d'y venir.

BONBEC.

Ah ! mon dieu, qu'est-ce que je vois donc là ?... Une belle dame qui veut entrer. Place, place.

DUPRÉ, *allant au fond.*

Une belle dame ! Ah ! je vois ce que c'est. Il est temps que je me mette de la partie. Suis-moi, Bonbec.

BONBEC.

Mais j'aurois bien voulu la voir, notre maître.... C'est *Ninette à la Cour.*

DUPRÉ.

Tu la verras plus tard. Viens. ( *Ils sortent tous deux par la gauche.* )

---

## SCÈNE XI.

LES MÊMES, ASPASIE. ( *Elle est habillée en riche costume de cour du temps de Louis XV, avec de la poudre et des falbalas , comme en avoit Mad. Favart, en jouant le rôle de Ninette.* )

ASPASIE.

( *Elle s'avance avec fierté.* )

AIR : *Menuet d'Exaudet.*

A la cour ,
En ce jour,
Pour séduire
N'ai-je pas assez d'attraits ,
Des falbalas , d'beaux traits ,
Des dentell's , un sourire ,
Des diamants
Bien brillants ;
Une bouche ,
Des yeux très-bien assortis ;
Pour plaire enfin , j'ai pris
La mouche.
En marchant , j'ai bien , j'espère ,
Une tournure assez fière ;
Mon maintien
Est fort bien ,
Quelle grâce !

( *Elle se donne des airs avec son éventail.* )

Ce regard indifférent
Soudain au premier rang
Me place.
A la cour ,
En ce jour ,
Pour séduire , etc.

AGATHE.

Tiens, elle s'est mise en Ninette.

AIMÉE.

Elle n'a pas trop mal choisi.

ASPASIE.

Eh ! bien , Mesdames , comment me trouvez-vous ?

3

AGATHE.

D'une tournure tout-à-fait moderne.

HÉLOÏSE , *en dehors.*

Je veux voir ma Ninette , je veux la voir , et j'entrerai.

---

## SCÈNE XII.

LES MÊMES : HÉLOÏSE , *habillée en marquis ridicule comme le Colas de Ninette.*

HÉLOÏSE.

AIR : *de la Clochette.*

C'est Colas          (*bis.*)
Sous c't'habit plein de paillettes,
 C'est Colas          (*bis.*)
Qui porte des manchettes,
 C'est Colas          (*bis.*)
Avec un' grand'brochette,
 C'est Colas          (*bis.*)
Qui vient joind'sa Ninette.
 C'est Colas !          (*bis.*)

TOUTES.

C'est Colas !     (*5 fois.*)

AIMÉE , *à part.*

Ah ! c'est Héloïse. Est-elle gentille comme ça ?

HÉLOÏSE.

Comment , Mam'selle Ninette , vous voilà ici !

ASPASIE.

Oui , me voilà , monsieur Colas.

HÉLOÏSE.

Vous êtes venu sans moi ; fi que c'est vilain.

ASPASIE.

Et vous , monsieur Colas , vous y venez bien aussi , et avec un bel habit encore.

HÉLOÏSE.

Qui me rend l'air un petit peu gauche , hein !

ASPASIE.

Oh ! ça, c'est vrai ; mais , patience , on se forme, vois-tu, là-dedans , et quand je t'aurai donné quelques petites leçons...

HÉLOÏSE.

Quoi, Mam'selle Ninette, vous seriez assez bonne pour ça.

ASPASIE.

Oui , sans doute. Tiens, voilà que tu entres au milieu d'une belle société ; au moment du bal , par exemple.

HÉLOÏSE.

Oui la danse , ça me va à moi.

ASPASIE.

Ecoute - moi bien.

AIR : *Gentille Fiancée* (du Fou de Péronne. )

Pour danser s'lon l'usage,
Tu prends l'air sérieux ;
Ca doit t'coûter , je gage ,
Toi qu'es toujours joyeux.
Mais d'ton apprentissage
Je me charge en ce jour ;
Voilà, loin du village,
Comme on danse à la cour.

( *Elle danse un menuet. L'orchestre exécute la fin de l'air avec des sourdines.* )

HÉLOÏSE.

( *Elle reprend l'air, après avoir regardé Aspasie avec beaucoup d'attention.* )

J'te trouvons plus légère,
T'as ben plus d'grâc' , ma foi,
Lorsque sur la fougère
Tu danses avec moi.
Je m'moquons ben d'l'usage
Et d'ces biaux pas , oui-dà ,
V'là la dans' du village ;
All'me plait mieux qu'tout ça.

( *L'orchestre exécute une contredanse de village. Héloïse danse en prenant les manières d'un paysan. Aspasie , Aimée et Agathe se mettent de la partie. Elles figurent un pas dont la composition originale est de M. Beaupré.* )

## SCÈNE XIII.

LES MÊMES, HENRIETTE. (*Elle a le costume du Maréchal Ferrant* DES ENSORCELÉS.)

(*Elle s'annonce par un grand bruit d'orchestre sur l'air :* Tôt, tôt, tôt, battez chaud, *qui fait suspendre la danse.*)

AGATHE.

Ah! c'est le maréchal ferrant de la pièce *des Ensorcelés.*

HENRIETTE.

AIR : *Du Maréchal ferrant.*

Je suis un petit maréchal,
Un peu novic', mais c'est égal.
Je ne demande qu'à bien faire,
Et si j'trouvois qu'euqu' bon luron
Qui voulût m' donner un' leçon,
Soudain, je lui dirois : compère,
    Tôt, tôt, tôt,
    Battez chaud,
    Tôt, tôt, tôt,     } (*bis.*)
    Bon courage,
Avec moi faut du cœur à l'ouvrage.

AGATHE, *regardant au fond.*

Ah! bon dieu, la belle petite armée ; regardez donc, mesdames, regardez donc.

## SCÈNE XIV.

LES MÊMES, Mad. DESROCHES, DIX DAMES DÉS CHŒURS.

(*Elles sont habillées en petits coqs, toutes de la même manière, la veste et le petit chapeau à trois cornes avec les plumes par devant ; madame Desroches, habillée en petite gogo, est à leur tête.*)

Mad. DESROCHES.

AIR : *Versez du vin.*

Jeunes amis, chantons en chœur
Quelques refrains d'un bon faiseur,
Et rangeons sous notre étendart
Les joyeux enfants de Favart.

CHŒUR.

Jeunes amis, etc.

Mad. DESROCHES.

Quand du village
Les coqs sont devant vous ,
Pour mon usage,
Moi , j' les amène tous.

AIMÉE, ASPASIE, AGATHE, HÉLOÏSE.

Qu'ils sont drôles. ( *bis.* )

Mad. DESROCHES.

Faut leur voir jouer leurs rôles.

LES MÊMES.

Qu'ils sont drôles. ( *bis.* )

Mad. DESROCHES , *frappant sur l'épaule d'Héloïse.*

Mon ancien ,
Vous n' voyez rien.
De plaisir mon cœur fait tic-toc.
Je vais posséder plus d'un coq.
A Paris on en compte six ,
Et moi , j'en aurai dix.

( *Les coqs se mettent en marche, et vont se ranger de chaque
côté du théâtre ; l'orchestre exécute une partie de l'ouverture de la caravane.* )

CHŒUR, *en marchant.*

Jeunes amis , chantons en chœur
Quelques refrains d'un bon faiseur ,
Et rangeons sous notre étendart
Les joyeux enfants de Favart.

---

# SCÈNE XV.

LES MÊMES , DUPRÉ , BONBEC.

( *Dupré a le costume de Roxelane ; il s'appuie sur Bonbec,
qui est habillé en turc.* )

Mad. DESROCHES.

Eh ! mais, c'est Roxelane des trois Sultanes.

BONBEC.

Etoile du sérail! Je baise la poussière de tes pieds.

DUPRÉ , *changeant sa voix.*

Je n'ai point de poussière.

BONBEC.

Parle , que me veux-tu ?

DUPRÉ.

« Osmin, fais avertir l'intendant des cuisines
» Que je traite ici le sultan.
« Que la chère soit des plus fines,
« Et que l'on nous serve à l'instant. »
Vole.

BONBEC, *en se prosternant.*

« Par la barbe d'Ali, vous serez obéie,
« Bel astre de Circassie.

TOUTES.

Eh ! C'est notre Directeur.

DUPRÉ.

Oui, mesdames, c'est lui qui vient mêler ses folies aux vôtres.

AIR : *Quand toi sortir de la case.* (Paul et Virginie.)

> Voyez un peu ma tournure,
> Et mon sourire innocent.
> Voyez mon air, ma figure,
> Mon œil timide et décent. ( 4 *fois.* )
> Auprès de vous, en Roxelane,
> Je voudrois paroître ce soir.
> Ah! Quel bonheur, si la sultane
> Peut obtenir le mouchoir. ( 4 *fois.* )

( *Il leur fait des mines sur la ritournelle de l'air.* )

ASPASIE.

Vous, l'emporter sur nous ?

TOUTES *ensemble.*

Non, non, non

DUPRÉ.

Mes petites amies, ne vous fâchez pas, chacune aura son tour, et demain, nous jouerons la comédie à Quimper-Corentin ; où ne la joue-t-on pas ?

## VAUDEVILLE.

AIR : *du Curé de Pompone.*

> Cet intrigant, dans le salon,
> S'épuisant en courbettes ;
> Dans le boudoir, ce fanfaron
> Parlant de ses conquêtes ;

Ce gascon au jeu qui craindra
De gagner la partie...
Ah ! tant que l'on vivra ,
On jouera
Par-tout la comédie. } (*bis*.)

### Mad. DESROCHES.

Cette actrice que sa santé
Eloigne de la scène ,
Qui prétend que la faculté
Veut qu'elle se promène,
Et qui le soir, à la Gaieté,
Joue.... à la galerie....
Eh ! n'est-ce donc pas là
Larira
Jouer la comédie ? } (*bis.*)

### AGATHE.

Une Agnès qui fait le serment
D'être toujours cruelle,
Qui jure ensuite à son amant
De lui rester fidelle ,
Qui répète ce serment-là
Quand elle se marie...
Eh ! n'est-ce donc pas là
Larira
Jouer la comédie ? } (*bis.*)

### AIMÉE.

Un petit auteur s'élevant
Sur cinq chutes complètes,
Qui par-tout s'en va soulevant
Des pièces toutes faites,
Et qui, dans le journal qu'il a,
Parle de son génie...
Eh ! n'est-ce donc pas là
Larira
Jouer la comédie ? } (*bis.*)

### DUPRÉ.

Un poltron parle de valeur,
D'honneur et de patrie ,
Au premier feu mourant de peur ,
Bonsoir la compagnie ;
Il demande la croix d'honneur
Quand la guerre est finie....
Eh ! n'est-ce donc pas là
Larira
Jouer la comédie ? } (*bis.*)

### HENRIETTE.

Un bon luron chez nous s'en vient
S'mettre en apprentissage ;
Prenez, dit-il, ça vous convient,
Je n'boud'pas sur l'ouvrage ;
J'l'accepte : au bout d'huit jours voilà

Que le travail l'ennuie...
Eh! n'est-ce donc pas là
    Larira
Jouer la comédie ?     } (*bis.*)

### HÉLOÏSE.

A soi n'avoir aucun butin
    En prose, en poésie ;
N'avoir en françois ni latin
    Rien écrit de sa vie,
Et s'éveiller un beau matin
    En pleine Académie...
    Eh! n'est-ce donc pas là
      Larira
    Jouer la comédie ?     } (*bis.*)

### BONBEC.

Cette héroïn'qui vient chez nous
    Jouer le mélodrame,
Toujours prête à fair'les quat'coups
    Avec sa bonne lame,
Et qui l'soir, pour quat'liv'dix sous,
    S'amuse à perd'la vie...
    Eh! n'est-ce donc pas là
      Larira
    Jouer la comédie ?     } (*bis.*)

### ASPASIE, *au public.*

Si vous appelez ce tableau
    Une heureuse folie,
Si vous y trouvez tout nouveau,
    Esprit, gaieté, saillie ;
Si vous criez : ah! que c'est beau !
    Que d'esprit, de génie !
    Ah! ce sera bien là
      Larira
    Jouer la comédie.     } (*bis.*)

## FIN.

---

## AVIS IMPORTANT.

On prévient MM. les Directeurs de province que le premier couplet de la Scène 8ᵉ, le 7ᵉ de la même Scène et le dernier de la Scène 10ᵉ se passent à la représentation.

IMPRIMERIE DE **J. GRATIOT**, RUE SAINT-JACQUES, nᵒ 41.